Dieses Buch gehört
dem Drachenmeister:

____

____

DRACHENMEISTER

DER RUF DES KLANGDRACHEN

VON

TRACEY WEST

ILLUSTRIERT VON

MATT LOVERIDGE

DIE DRACHENMEISTER

Weitere Bücher

Inhaltsverzeichnis

FÜR MEINE MAMA UND MEINEN PAPA, CAROLE UND TOM.

Danke an Allison Fallin und Joe Fallin, dass ihr mir dabei geholfen habt, Tessas Charakter zu entwickeln. Ihr habt mich dazu inspiriert, sicherzustellen, dass dieses Buch auch für blinde oder sehbeeinträchtigte Leser erlebbar wird. Ich bin auch Joe Strechay für seine unschätzbare Hilfe bei allen Aspekten dieses Buches dankbar. – TW

DRAGON MASTERS 16 / CALL OF THE SOUND DRAGON

Dieses Werk wurde vermittelt durch die Literarische Agentur Thomas Schlück GmbH, 30161 Hannover.

www.adrian-verlag.de
Adrian & Wimmelbuchverlag GmbH
Friedrichstraße 126
10117 Berlin

Illustrationen: Matt Loveridge
Übersetzung: Simone Fischer
Satz deutsche Ausgabe: Julia Groier-Bleiweis

ISBN: 9783948638092

Printed 2026 in the EU

KAPITEL 1

DIE LISTE DER ZAUBERER

Leuchtend violette Energie wirbelte um Neru, den Donnerdrachen, herum. Eko, seine Drachenmeisterin, stand neben ihm. Der grüne Drachenstein, den sie trug, leuchtete.

Eko streckte beide Arme aus. Nerus Energie wirbelte nun um sie herum und strömte dann aus ihren Händen. Drake, Rori, Bo und Ana sahen mit großen Augen zu und warteten gespannt darauf, wie Eko ihre Kräfte als Drachenmagierin einsetzte.

Die Energie aus Ekos Händen verwandelte sich in eine Wand aus violetter Energie.

„Tolles Kraftfeld!“, rief Drake aus. Er hatte einmal gesehen, wie Eko Nerus Energie nutzte, um eine Peitsche aus violettem Licht zu machen. Aber er hatte noch nie zuvor gesehen, wie sie ein Kraftfeld erzeugte.

„Meine Verbindung zu Neru ist so stark, dass ich seine Energie anzapfen und nutzen kann“, erklärte Eko. „Das ist etwas, das nur Drachenmagier können.“

Sie senkte die Hände, und die Energiewand verschwand.

„Das war wunderbar!“, rief Rori aus.

Bo hob die Hand. „Was genau kann ein Drachenmagier mit der Energie seines Drachen tun?“

„Wir können diese Energie nutzen, um einige der Kräfte unserer Drachen auszuüben“, erklärte sie. „Es dauert viele Jahre, um dies zu lernen. Ich kann keinen Donnerschlag erschaffen, wie Neru es tut. Aber ich kann seine Energie nutzen, um einen gleichmäßigen Kraftstoß zu erzeugen. Oder um ein Kraftfeld aufzubauen, wie ich es gerade getan habe.“

„Schade, dass Petra das verpasst hat“, meinte Drake. „Wenn ich sie hole, machst du dann noch ein Kraftfeld?“

Eko lächelte. „Na sicher!“

Es ist seltsam, Eko lächeln zu sehen, dachte Drake, als er zu Griffiths Werkstatt lief. Eko war Griffiths erste Schülerin gewesen. Sie hatte in der Vergangenheit einige schlechte Entscheidungen getroffen. Aber vor Kurzem hatte sie ihr Leben riskiert, um Drake und Rori vor einem dunklen Zauberer namens Maldred zu retten.

Maldred hatte Eko und viele andere Zauberer, mit denen er verfeindet war, in der Zeit gefangen gehalten.

Der Zeitdrache hatte Eko und alle Zauberer befreit. Jetzt war Eko wieder auf der Burg, um Griffith dabei zu helfen, die Drachenmeister zu unterrichten.

Die Zauberer waren ein weiteres Problem. Einige der Zauberer, die in der Wand gefangen gewesen waren, waren böse. Und jetzt waren sie auf freiem Fuß!

„Petra, komm und sieh dir an, was Eko kann", rief Drake zu dem Mädchen mit den lockigen Haaren, das damit beschäftigt war, Griffith zu helfen.

„In einer Minute. Wir sind fast fertig mit dem ersten Teil der Liste der Zauberer", berichtete Petra. „Griffith hat die Namen der gefangenen Zauberer aus Maldreds Tagebuch herausgesucht."

Sie zeigte auf ein großes Blatt Papier an der Wand. „Ich habe ihre Namen in diese Tabelle eingetragen. Jetzt markiert Griffith die bösen Zauberer.“

„Wenn wir sie finden, können wir sie im Auge behalten, falls sie anfangen, Probleme zu verursachen“, sagte Griffith.

„Das klingt nach einem guten Plan“, antwortete Drake.

„In der Tat“, stimmte der Zauberer zu. Er wandte sich an Petra. „Ich kann das allein fertigstellen. Du solltest mit den anderen trainieren gehen.“

„Bist du sicher?“, fragte Petra. „Ich könnte –“

Bumm! Ein lautes Geräusch ertönte aus Griffiths Kristallkugel. Regenbogenlicht wirbelte im Inneren der Kugel herum.

„Was geht hier vor?“, rief Drake.

KAPITEL 2

ÄRGER IN REMUS

„Ich habe die Kristallkugel gebeten, mich auf ungewöhnliche Aktivitäten von Zauberern aufmerksam zu machen“, erklärte Griffith. Er strich mit der Hand über die Glaskugel. „Sie muss etwas entdeckt haben.“

Eko, Rori, Ana und Bo kamen in die Werkstatt gerannt.

„Wir haben einen lauten Knall gehört!“, rief Bo. „Was ist los?“, fragte Ana.

In diesem Moment verblasste das Regenbogenlicht, und eine Szene erschien in der Kugel. Alle drängten sich um die Kristallkugel.

Sie sahen eine große, steinerne Arena mit hohen Rundbögen. Sie hatte die Form eines Kreises und war zum Himmel hin offen. Die Arena befand sich mitten in einer Stadt.

„Das ist die Stadt Remus!", bemerkte Petra.

Ein seltsamer rot-gelber Nebel hing über der Arena.

„Dieser Nebel sieht magisch aus", stellte Drake fest.

Griffith nickte. „Dieser Nebel ist ein Anzeichen für einen Kampf von Zauberern", erklärte er. „Wenn Zauberer gegeneinander kämpfen, baut sich ihre Magie auf und gerät außer Kontrolle. Deshalb sind solche Schlachten verboten."

Petra blickte auf die Karte an der Wand. „Griffith, ein Zauberer namens Marco kommt aus Remus!"

„Ja", stimmt Griffith ihr zu. „Dort lebte er, bevor Maldred ihn gefangen nahm."

„Glaubst du, Marco steckt hinter dem, was in der Arena passiert?", fragte Rori.

„Das ist wahrscheinlich", antwortete der Zauberer.

„Wir müssen diesen Kampf beenden, bevor jemand verletzt wird!", drängte Drake.

„Ja, aber vergesst nicht: Es sind *viele* dunkle Zauberer aus Maldreds Zeitfalle entkommen. Einige von euch werden hierbleiben müssen, um die Kristallkugel im Blick zu behalten", sprach Griffith.

„Ich bleibe hier", bot Eko an.

„Ich würde gerne nach Remus gehen", meinte Petra. „Es liegt in der Nähe meiner Heimat Helas, und ich kenne mich dort aus."

„Das wird hilfreich sein, Petra. Du und Zera werdet gehen", entschied Griffith. „Außerdem Drake und Wurm. Wir brechen sofort auf."

„Aber ¨", begann Rori.

Eko legte ihre Hand auf Roris Schulter. „Wir werden Wache halten, Griffith."

Drake, Petra und Griffith gingen zu den Drachenhöhlen. Petra sattelte Zera, ihren vierköpfigen Giftdrachen.

„Wir müssen nach Remus“, erklärte Drake seinem Erddrachen Wurm.

Sein Drachenstein glühte, und er hörte Wurms Stimme in seinem Kopf:

Ich bin bereit!

Drake, Griffith und Petra berührten Wurm. Petra legte ihre andere Hand auf Zeras Bauch.

Wuuuusch! Grünes Licht explodierte um Wurm herum. Sie verschwanden aus den Drachenhöhlen.

Drakes Magen machte wie immer beim Transportieren einen Purzelbaum. Normalerweise landete er auf beiden Beinen an dem neuen Ort. Aber dieses Mal ...

Ploff! Er landete auf etwas Schuppigem! Drake fiel nach hinten. Er öffnete die Augen – und erblickte einen großen, rosafarbenen Drachen!

KAPITEL 3

TESSA UND SONO

Drake sprang auf die Füße. Er war auf einen Drachen gestürzt! Zum Glück waren Griffith, Petra, Zera und Wurm gut gelandet.

Drake starrte den Drachen an. Ein wellenförmiges Muster aus Regenbogenfarben kräuselte sich über seine Schuppen. Er hatte vier Beine und keine Flügel.

Ein Mädchen mit einem Drachenstein ritt in einem Sattel auf dem Rücken des Drachen. Sie hielt sich an einem Riemen fest, der an weiteren Riemen am Kopf und an der Schnauze des Drachen befestigt war.

„Tut mir leid, dass ich auf euch gefallen bin", sagte Drake. „Wir sind Drachenmeister wie du. Mein Drache, Wurm, hat uns hierher gebracht."

Der Drachenstein des Mädchens leuchtete. „Ist Wurm der Drache mit einem Kopf und winzigen Flügeln?"

„Das ist richtig", antwortete Drake. „Sind wir in Remus?"

Sie waren vor einer Marmorstatue eines Mannes mit Helm, Schwert und Schild gelandet. Hinter der Statue führte ein Weg in die Stadt, die ihnen die Kristallkugel gezeigt hatte.

„Ja", antwortete das Mädchen. „Es tut mir leid, dass ich nicht bleiben und reden kann, aber ich habe es eilig. Der königliche Zauberer meines Königreichs, Felix, hat mich auf eine wichtige Mission geschickt."

„Wir sind hergekommen, um den Kampf der Zauberer zu beenden. Ist das auch deine Mission?", fragte Drake.

„Ja, ist es", antwortete das Mädchen. „Ich bin Tessa und das ist Sono. Sie ist ein Klangdrache."

„Tessa, wir können dir helfen! Kannst du uns sagen, wie diese Schlacht begonnen hat?“, fragte Griffith.

Tessa drehte ihren Kopf zu Griffith. „Wer hat das gesagt?“, fragte sie. „Sono hat mir erzählt, dass zwei Drachenmeister und zwei Drachen angekommen sind. Sie hat nichts über einen Mann gesagt.“

„Das ist Griffith, unser Zauberer“, erklärte Drake.

„Warum kannst du ihn nicht sehen?“, fragte Petra Tessa.

„Ich bin blind“, antwortete Tessa. „Sono hilft mir. Aber manchmal gibt sie mir nicht alle Einzelheiten.“

„Wow“, rief Petra aus. „Du und Sono, ihr beide arbeitet sehr eng zusammen.“

„Eure Bindung muss sehr stark sein“, fügte Drake hinzu.

„Das ist wahr“, bestätigte Tessa. „Ich hoffe, dass ich eines Tages eine Drachenmagierin werde.“

„Wegen deiner Mission“, unterbrach Griffith sie. „Ist ein Zauberer namens Marco wieder in Remus?“

„Ja“, antwortete Tessa. „Felix hat mir erzählt, dass Marco hier aufgewachsen ist und ein dunkler Zauberer wurde. Er geriet in einen Kampf mit einem anderen bösen Zauberer und verschwand dann.“

„Das wissen wir“, sagte Drake. „Maldred.“

„Marco will die Rolle des königlichen Zauberers von Remus übernehmen, deswegen forderte er Felix zu einem Duell heraus“, erklärte Tessa.

„Und Felix stimmte zu“, vermutete Petra.

„Nein“, widersprach Tessa. „Felix weiß, dass solche Schlachten verboten sind. Aber Marco fing an, Magie auf ihn zu feuern, und er musste sich verteidigen. Jetzt tobt das Duell schon seit Tagen, und es gerät außer Kontrolle!“

„Wir müssen dieses Duell sofort beenden!“, sprach Griffith.

„Ja!“, stimmte Tessa zu. „Felix sagte, ich soll einen Zauberer suchen, der Sono und mir hilft, daher bin ich froh, dass ich euch alle gefunden habe.“ Sie tätschelte Sonos Kopf, und ihr Drachenstein leuchtete. Sono, mach bitte kehrt. Lass uns zurück in die Arena gehen!“

Der Klangdrache gehorchte und raste in die Stadt.

KAPITEL 4

ZAUBERER GEGEN ZAUBERER

Sono und Tessa eilten durch Remus, gefolgt von den anderen.

„Die Straße biegt nach rechts ab“, meinte Tessa. „Wir nähern uns der Arena.“

Steinhäuser säumten die Straßen. Zwischen den Häusern standen weitere Statuen wie vor den Toren der Stadt.

„Remus ist eine der ältesten Städte der Welt", erklärte Griffith, als sie durch die Stadt zogen. Er zeigte auf die Statue einer Frau mit einer Taube. „Diese Statue zeigt Helena, eine tapfere Friedensstifterin."

„Und dies ist Theo, der die Sonnenuhr erfunden hat", sagte Petra. Sie zeigte auf die Statue eines Mannes mit einer runden Scheibe. Jetzt konnte man die Arena sehen. Sie überragte die Stadt.

Bumm! Bumm! Laute Geräusche explodierten aus der Arena. Rot-gelbe Lichtblitze leuchteten durch die offenen Torbögen.

Tessa und Sono erreichten als Erste den Eingang. „Sind alle noch hinter mir?“, rief Tessa.

„Wir sind hier“, antwortete Drake.

„Zauberer, ich hoffe, du weißt, was zu tun ist“, sagte Tessa. „Die Magie der beiden ist außer Kontrolle!“

Griffith trat vor. „Wenn es zu gefährlich wird, werden wir uns zurückziehen“, beschloss er. „Wir verlassen dann die Stadt und holen uns Hilfe bei den Zauberern in Belerion.“

„Belerion?“, fragte Drake.

„Das Schloss dort ist eine Art Hauptquartier für Zauberer“, erklärte Griffith. „Außerdem werden dort die jungen Zauberer ausgebildet.“

Drake hätte gerne mehr über Belerion gefragt, aber er hatte nicht die Gelegenheit. Griffith betrat die Arena, und die anderen folgten.

Eine Schar von Stadtbewohnern hatte sich versammelt, um die Schlacht zu verfolgen.

In der Mitte der Arena standen zwei Zauberer. Einer von ihnen trug eine gelbe Robe. Sein gewelltes, braunes Haar stand zu Berge. Der andere Zauberer war klein und rund, hatte einen blonden Bart, blonde Haare und trug eine rote Robe.

„Sono, sag mir, was passiert", bat Tessa, und ihr Drachenstein leuchtete.

„Welcher ist Marco?", fragte Drake.

„Felix ist groß und dünn", antwortete Tessa. „Und Sono sagt, Marco trägt eine rote Robe."

Bumm! Rote Magie schoss aus Marcos Hand.

Felix wich der Explosion aus. Er winkte mit der Hand, und ein Pferd aus gelber Energie erschien unter ihm. Das Pferd galoppierte auf Marco zu.

„Beende das jetzt, Marco!“, forderte Felix.

„Erst, wenn Remus mir gehört!“, antwortete Marco.

Er zeigte auf das Energiepferd. Es wurde rot und verwandelte sich in ein riesiges Stachelschwein mit spitzen Stacheln.

„Autsch!“, rief Felix und sprang ab. Das Stachelschwein aus Energie explodierte, und ein Blitz leuchtete am Himmel auf.

Griffith wandte sich an die Drachenmeister. „Bleibt zurück!“, warnte er sie. „Ihre Magie entweicht bereits aus der Arena. Die ganze Stadt ist in Gefahr! Ich muss das beenden.“

Drake hielt den Atem an, als Griffith den Ring betrat.

„Marco, Felix, genug!“, rief er.

Die beiden Zauberer sahen ihn an.

„Griffith! Gott sei Dank!“, sagte Felix.

Marco runzelte die Stirn. „Das geht dich nichts an, Zauberer!“, brummte er.

„Ich fürchte, doch“, sprach Griffith. „Dieses Duell muss aufhören.“

„Nein!“, schrie Marco. Er griff Griffith mit einem zischenden Strahl roter Energie an.

Drake schnappte nach Luft.

Eine weiße Ente stand an Griffiths Stelle!

KAPITEL 5

QUAK!

„Wurm, hol Griffith da raus!“, rief Drake.

Wurms Körper glühte, und die Ente schwebte von den Zauberern weg und in Drakes Arme.

„Geht alle so schnell wie möglich zum Stadteingang“, befahl Tessa.

Ihr Drachenstein leuchtete. Das wellenförmige Muster ihres Drachen begann zu flattern. Sono und Tessa schimmerten und pulsierten.

Dann verschwanden sie!

Sono kann transportieren!, dachte Drake. Er legte eine Hand auf Wurm und hielt die Ente mit der anderen. Petra legte eine Hand auf Zera und berührte Wurm.

„Wurm, bring uns zurück zum Stadteingang!“, bat Drake.

Blitzschnell erschienen sie neben Tessa und Sono.

„Danke, dass du uns diesmal nicht angerempelt hast“, sagte Tessa.

„*Quak!*“, machte die Ente.

„Es klingt so, als wäre euer Zauberer in eine Ente verwandelt worden“, stellte Tessa fest.

„Sieht so aus“, meinte Petra. „Es sei denn, er wurde gegen eine Ente ausgetauscht, und der echte Griffith ist irgendwo in einem Ententeich.“

Drake hielt die Ente vor sein Gesicht. „Quak dreimal, wenn du Griffith bist“, bat er.

„*Quak! Quak! Quak!*“

Drake lächelte. „Gut“, sagte er. „Ich meine, nicht gut, dass du eine Ente bist. Aber zumindest haben wir dich nicht verloren. Wir werden einen Weg finden, dich zurück zu verwandeln.“

„Wie können wir ihm helfen?“, fragte Petra.

„Wir sollten nach Belerion gehen“, schlug Tessa vor. „Das hat euer Zauberer gesagt. Felix hat ebenfalls gemeint, ich solle dorthin gehen.“

„*Quak!*“, stimmte Griffith zu.

„Dort ist das Schloss der Zauberer“, fügte Petra hinzu. „Darüber habe ich einmal ein Buch gelesen.“

„Lasst uns sofort dorthin aufbrechen“, sagte Drake. Er wandte sich an Tessa. „Es sieht so aus, als ob Sono auch transportieren könne. Aber anders als Wurm.“

„Sono ist ein Klangdrache, und eine ihrer Kräfte ist, dass sie sich in Schallwellen verwandeln kann“, erklärte Tessa. „Schallwellen bewegen sich sehr, sehr schnell. Drake und Petra, möchtet ihr es versuchen?“

„Nein, danke“, antwortete Petra. „Ich mag keine Dinge, die sich sehr schnell bewegen.“

„ Ich werde es versuchen“, sagte Drake. „Wurm, kannst du Petra und Zera nach Belerion bringen?“

Ja, antwortete Wurm.

„*Quak! Quak!*“

Petra lachte. „Ich glaube, Griffith will mit mir gehen“, meinte sie, als sie ihn von Drake nahm.

Drake kletterte auf Sonos Rücken.

„Leg deine Arme um mich und halte dich fest“, instruierte Tessa. „Sono wird uns auch in Schallwellen verwandeln. Es wird sich ein bisschen komisch anfühlen.“

Drake dachte kurz darüber nach, seine Meinung zu ändern – aber er entschied sich dagegen. „Bereit!“, murmelte er.

Er sah auf Sonos wellenförmige Schuppen hinunter. Sie fingen an zu flattern. Dann hörte er ein Summen in seinen Ohren. Sein Körper fühlte sich kribbelig an.

Und dann ...

... *Zisssscccchhh!* Sie rasten mit Schallgeschwindigkeit auf Belerion zu!

KAPITEL 6

BELERION

Drakes Kopf fühlte sich ziemlich benebelt an. Sie bewegten sich unglaublich schnell. Er war verängstigt und aufgeregt zugleich.

Das ist wirklich anders als beim Transport mit Wurm!, dachte er.

Das kribbelige Gefühl hörte auf. Drake blinzelte.

Sie waren auf einer flachen, grünen Ebene mit Blick auf das blaue Meer gelandet. Ein Weg führte zu einem großem Schloss, das am Ende einer Klippe in die Höhe ragte.

„Wie fandest du es, Drake?“, fragte Tessa.

Drake grinste. „Das war ein wilder Ritt!“

„Ja, nicht wahr?“ Tessa griff an ihren Zopf, den sie um den Kopf gewickelt hatte. „Deshalb trage ich meine Haare so. Sonst fliegen sie kreuz und quer.“

Grünes Licht blitzte auf, und Wurm erschien mit Zera und Petra, die Griffith unter einem Arm hielt.

„*Quak!*“

„Ihr habt uns überholt!“, sagte Petra überrascht.

„Sono ist wirklich schnell“, meinte Drake. Dann schaute er auf den Weg, der zum Schloss führte. „Das muss das Schloss der Zauberer sein. Lasst uns gehen.“

Sie machten sich auf den Weg.

„Also, Tessa, welche anderen Kräfte hat Sono noch?“, wollte Petra wissen.

Tessa sprang von Sonos Rücken, ohne den Lederriemen loszulassen. „Sono hat viele großartige Klangkräfte“, erklärte sie, während sie neben ihrem Drachen herging. „Sie kann starke Schallwellen erzeugen, die Felsen zertrümmern können. Sie kann sich in Schallwellen verwandeln und feste Dinge, zum Beispiel Wände, durchdringen.“

„Sie ist ein wirklich toller Drache", bestätigte Drake.

„Ist es schwer, eine Drachenmeisterin zu sein, obwohl du nicht sehen kannst?", platzte Petra heraus. Ihre Wangen wurden rot. „Es tut mir leid. Ist das eine unhöfliche Frage?"

„Es macht mir nichts aus, dass du das fragst", antwortete Tessa. „Und nein, es ist nicht schwer. Ich habe dieselbe Verbindung zu Sono wie ihr beide zu euren Drachen. Genau wie ihr trainiere ich mit meinem Drachen. Aber im Gegensatz zu euch sagt Sono mir, was vor sich geht, wenn ich die Dinge nicht durch das, was ich höre oder fühle, herausfinden kann. Sie führt mich und beschreibt mir alles."

„Das ist großartig", sagte Drake.

„Bevor ich Sono kennenlernte", erklärte Tessa, „habe ich diesen Stock benutzt, um mich fortzubewegen." Sie zog den langen Stock heraus, den sie sich auf den Rücken geschnallt hatte.

„Wie funktioniert das?", fragte Drake.

Tessa ließ Sonos Riemen los und ergriff den Stock direkt unter dem geschnitzten Drachenkopf. Dann hielt sie den Stock vor sich und ging vorwärts. Sie bewegte ihn von links nach rechts und klopfte dabei auf den Boden.

„Ich bewege den Stock etwas vor meinem Körper, um sicherzustellen, dass ich einen Schritt machen kann. So kann ich fühlen, ob sich vor mir ein Stein oder eine Tür befindet - solche Sachen."

„Das ist wirklich schlau", meinte Drake.

„Danke", antwortete Tessa. „Ich benutze zusätzlich mein Gehör und meine anderen Sinne, um Informationen über meine Umgebung zu erhalten.

Aber Sono als Führer zu haben, ist das Beste!"

„Sono ist einer der genialsten Drachen von allen", sagte Petra bewundernd.

„Erzähl mir von Zera“, bat Tessa. „Welche Kräfte hat sie?“

„Sie ist ein Drache mit Giftkräften, was man Hydra nennt“, erklärte Petra. „Aber sie singt auch wunderschön. Damit kann sie jeden heilen, der durch ihr Gift verletzt wird.“

„Das ist eine erstaunliche Kraft!“, meinte Tessa. „Kann ich sie singen hören?“

Petra lächelte. „Sicher“, antwortete sie, und ihr Drachenstein leuchtete. „Zera, bitte sing für uns.“

Die vier Köpfe der Hydra begannen, harmonisch miteinander zu singen. Eine liebliche, schöne Melodie erfüllte die Luft.

Während Zera sang, leuchtete Tessas Drachenstein. Ein zartes rosa Licht ging von Sono aus. Das Licht wurde heller, und prompt wurde Zeras Gesang lauter.

„Das ist noch eine von Sonos Kräften“, erklärte Tessa. „Sie kann Schallwellen ändern, um die Geräusche lauter oder leiser zu machen.“

„Zera und Sono sollten einmal gemeinsam üben, wenn wir die Zeit dafür haben“, schlug Petra vor.

Sie hatten das Schloss erreicht. Vor der Tür stand ein Zauberer mit einem hohen schwarzen Hut.

„Halt! Hier dürfen keine Drachen eintreten!“, verkündete er.

DAS SCHLOSS DER ZAUBERER

Der Wächter runzelte die Stirn und verschränkte die Arme. „Du musst uns reinlassen!“, forderte Tessa.

„In Remus findet ein Duell zweier Zauberer statt.“

„Und unser Zauberer wurde in eine Ente verwandelt“, sagte Drake.

Petra hielt Griffith hoch. „*Quak!*“

Der Wächter hob eine Augenbraue. „Ist das so? Diese Ente klingt für mich wie eine gewöhnliche Ente.“

Er bückte sich und sah der Ente in die Augen.

„*Quak! Quak! Quak, quak, quak, quak!*“, schimpfte Griffith.

Der Wächter richtete sich auf. „Ja, Griffith! Du kannst die Oberzauberin sofort sehen!“

„Du kannst Vögel verstehen?“, fragte Drake.

„Hauptsächlich Enten und Hühner“, antwortete der Wächter. „Ihr Kinder könnt hineingehen. Aber eure Drachen müssen hierbleiben. Das sind die Schlossregeln.“

„Sono muss bei mir bleiben“, erklärte Tessa. „Sie führt mich.“

„*Quak, quak!*“, fügte Griffith hinzu.

„Ja, Führungstiere sind erlaubt“, sagte der Wachmann. „Aber Sono darf ihre Drachenkräfte im Schloss nicht einsetzen.“

„Verstanden“, antwortete Tessa und ging mit Sono an dem Wächter vorbei.

„Ihr findet die Oberzauberin am Ende des Flurs!“, rief der Wachmann ihr nach.

Drake und Petra folgten Tessa und ließen Zera und Wurm vor den Toren zurück.

Dieser Ort erinnert mich an die Burg von Bracken, dachte Drake, während er die Böden und Wände aus grauem Stein betrachtete.

Als Drake und Petra an halb geöffneten Türen vorbeikamen, sahen sie aber ganz andere Szenen als in Bracken. In einem Raum schwenkten Jungen und Mädchen Zauberstäbe mit funkelnden Spitzen.

Stimmt.Griffith erzählte mal, dass hier junge Zauberer ausgebildet werden, erinnerte sich Drake.

In einem anderen Klassenzimmer zeigte ein Junge mit dem Finger auf einen Apfel, der sich in eine Kartoffel verwandelte.

Ein anderes Zimmer war mit glitzerndem violetten Nebel gefüllt.

Schließlich erreichten sie die Tür am Ende des Flurs. Drake wollte gerade anklopfen, aber schon schwang die Tür von allein auf.

Sie hörten von drinnen eine Stimme: „Griffith! In welche Schwierigkeiten bist du geraten?“

KAPITEL 8

DIE OBERZAUBERIN

Drake und Petra betraten den Raum, in dem eine Frau hinter einem Schreibtisch saß.

Die Frau trug keinen Zauberhut. Ihr weißes Haar wurde durch einen Zopf aus ihrem faltigen Gesicht zurückgehalten. Anstelle einer Robe trug sie ein orangefarbenes Kleid mit einem Überwurf, der über ihre Schulter drapiert war. Drake erschauerte, als ihre dunkelbraunen Augen ihn ansahen. Er konnte beinahe fühlen, wie die Magie aus ihren Augen herausströmte.

„Hallo, Drake und Petra“, begrüßte die Oberzauberin sie, und Drake war nicht überrascht, dass sie ihre Namen kannte. „Tessa, bitte komm rein. Aber ich fürchte, dein Drache passt nicht in den Raum.“

„Das ist in Ordnung“, antwortete Tessa. Sie trat ein und klopfte mit ihrem Stock auf den Boden vor sich.

„Ich bin die Oberzauberin. Ihr könnt mich Jayana nennen“, erklärte die Frau. Jayana nickte Petra zu. „Bring mir bitte Griffith.“

Petra trat vor und setzte die Ente auf den Schreibtisch. Griffith watschelte zu der Zauberin.

„*Quak! Quak, quak, quak!*“

„Oh je“, seufzte Jayana lächelnd. „Verzeih, dass ich lächeln muss, mein Freund, aber das ist ziemlich lustig.“

Sie klatschte, und zwei Zauberer eilten in den Raum.

„Führt bitte den Zauber des Rückgängigmachens an dieser Ente durch“, sprach sie. „Er sollte wieder ein menschlicher Zauberer sein, wenn ihr fertig seid.“

Einer der Zauberer hob Griffith hoch. Dann verließen beide wortlos den Raum.

Drake runzelte die Stirn. „Wird der Zauber wirken?“

„Das wird er, aber es kann eine Stunde oder so dauern“, antwortete Jayana.

„Wir haben nicht so viel Zeit!“, platzte Tessa heraus. „In Remus findet ein Duell zweier Zauberer statt, und es gerät außer Kontrolle!“

„Ist Felix daran beteiligt?“, fragte Jayana. „Er ist normalerweise kein Regelbrecher.“

„Marco forderte ihn zu dem Duell heraus“, erklärte Tessa. „Felix versucht nur, unsere Stadt zu retten.“

Die Augen der Zauberin weiteten sich. „Aber Marco ist seit Jahren verschwunden gewesen! Wann ist er zurückgekommen?"

„Maldred hat ihn in der Zeit gefangen gehalten, aber er ist geflohen. Es ist eine lange Geschichte", antwortete Drake. „Tessa hat recht. Wir müssen schnell handeln, um Remus zu retten!"

Jayana stand auf und ging zu einer Ecke des Raumes, wo eine Kristallkugel auf einem runden Tisch stand. Sie bewegte ihre Hand darüber.

„Remus", sprach sie.

Im Glas erschien ein Bild der Arena. Der rot-gelbe Nebel über der Arena war nun eine große wirbelnde Wolke. Die Menschen liefen davor weg.

Die Oberzauberin wandte sich an die Drachenmeister. „Ihr habt recht. Das ist sehr ernst", murmelte sie. „Nur ein Kraftkristall kann diese Magie aufhalten."

„Dann lasst uns einen Kraftkristall holen!", rief Tessa.

Jayana schüttelte den Kopf. „Ich fürchte, das ist unmöglich", meinte sie. „Und ohne einen Kraftkristall wird Remus fallen!"

DER UNZERBRECHLICHE FELSEN

„Warum ist es unmöglich, einen Kraftkristall zu bekommen?“, fragte Drake die Oberzauberin.

„Ich glaube, ich weiß es“, antwortete Petra. „Jeder Zauberer, der einen Kraftkristall berührt, verliert für immer seine gesamte Magie! Der Kristall absorbiert sie.“

„Richtig, Petra“, sagte Jayana. „Der Kristall enthält die Magie aller Zauberer, die er absorbiert hat.“

„Aber wir sind keine Zauberer, also können wir ihn gefahrlos anwenden, oder?“, fragte Drake.

„Ja, aber der Kristall ist nicht leicht zu erreichen“, antwortete die Zauberin.

Sie winkte mit der Hand, und in der Kristallkugel erschien ein Bild eines hoch aufragenden Felsens.

„Der Kraftkristall ist in diesen unzerbrechlichen Felsen eingebettet“, erklärte sie. „Und es dauert Tage, um den Zauberspruch, mit dem der Kraftkristall vom Felsen befreit werden kann, vorzubereiten. Es wird zu spät sein, um Remus zu retten.“

„Ist der Felsen wirklich unzerbrechlich?“, fragte Drake. „Wurms Gedankenkräfte können Felsen brechen.“

„Und Sonos Klangkräfte auch“, fügte Tessa hinzu.

Die Zauberin schüttelte den Kopf. „Nur der Zauberspruch kann ihn *brechen*.“

„Und wenn wir den Felsen gar nicht brechen?“, überlegte Tessa. „Sono kann sich in Schallwellen verwandeln. Wir könnten direkt durch den Felsen fliegen, und ich könnte den Kristall greifen und ihn mit herausbringen.“

„Natürlich! Daran hätte ich denken sollen“, jubelte Jayana. „Folgt mir.“

Tessa kletterte auf Sonos Rücken, und alle folgten Jayana aus dem Schloss, wo Wurm und Zera warteten. Dann eilten sie alle zum Rand der Klippe. Ein riesiger Fels, so hoch wie ein Baum, überragte die Wellen.

Petra sah die Oberzauberin an. „Bist du sicher, dass es Tessa und Sono nicht schadet, in den unzerbrechlichen Felsen hineinzugehen?"

„Es wird ihnen nichts geschehen", antwortete die Zauberin. „Glaube ich."

Petra runzelte die Stirn. „Tessa, vielleicht —"

„Ich werde es wagen!“, erwiderte Tessa. „Nur so kann ich meine Stadt retten!“

Ihr Drachenstein leuchtete. „Sono, wir müssen in den großen Felsen gehen und uns den Kristall darin schnappen!“

Drakes Herz pochte, als Sonos wellenförmige Schuppen sich zu bewegen anfingen. Der Drache und das Mädchen begannen zu schimmern. Dann gingen sie auf den Felsen zu und schienen direkt mit ihm zu verschmelzen!

Drake hielt den Atem an und wartete darauf, dass Tessa und Sono wieder auftauchten. Aber die Sekunden vergingen, ohne dass ein Anzeichen der Drachenmeisterin oder ihres Drachen zu sehen war.

KAPITEL 10

DER PLAN

Drake und Petra sahen sich besorgt an.

Tessa, wo bist du?, fragte sich Drake.

Plötzlich begann der Stein mit rosa Licht zu leuchten. Tessa und Sono kamen wogend und schimmernd aus dem Felsen. Als sie wieder fest wurden, sah Drake einen glitzernden Kristall von der Größe eines Apfels in Tessas Hand.

„Wir haben es geschafft!“, verkündete Tessa. Sie hielt den Kraftkristall hoch.

Jayana trat von Tessa zurück. „Ich darf den Kristall nicht berühren! Bitte behalte du ihn. Er ist sehr mächtig und darf nicht in die falschen Hände geraten.“

Tessa steckte den Kristall in eine Tasche, die an ihrem Gürtel hing.

„Jetzt“, sprach Jayana, „kehren wir zum Schloss zurück und sehen, ob Griffith bereit ist.“

Als sie am Eingangstor ankamen, verließ Griffith gerade das Schloss. Drake und Petra rannten auf ihn zu.

„Griffith! Es ist so schön, dich zu sehen!“, rief Drake.

Der Zauberer umarmte seine Drachenmeister. Jayana zeigte auf Tessa. „Griffith, diese tapfere Drachenmeisterin hat den Kraftkristall aus dem unzerbrechlichen Felsen befreit.“

„Gut gemacht, Tessa!“, jubelte Griffith. Er strich sich über den Bart, und ein paar Federn flogen heraus. „Aber Jayana und ich dürfen ihn nicht anfassen.“

„Aber wir können das!“, stellte Drake fest. „Wir werden den Kristall verwenden, um die gesamte Magie aus dem Kampf der Zauberer aufzusaugen.“

„Und ihr Zauberer könntet Marco und Felix dazu bringen, nicht mehr zu kämpfen“, fügte Tessa hinzu.

„Das ist ein guter Plan“, stimmte Jayana zu. „Drake, kannst du deinen Drachen bitten, uns alle zu transportieren?“

Drake nickte.

„Sono und ich treffen euch in der Arena“, sagte Tessa. Dann verschwanden sie und Sono.

„Ich werde euch auch dort treffen!“, verkündete die Oberzauberin. Und mit einem Fingerschnippen war sie ... *Puff!* ... verschwunden.

Wurm transportierte alle anderen nach Remus. Sie landeten außerhalb der Arena. Jayana, Tessa und Sono warteten bereits auf sie. Verängstigte Menschen rannten schreiend aus der Arena. Über ihnen sah die wirbelnde rot-gelbe Wolke viel größer aus.

„Wie verwenden wir den Kraftkristall?“, fragte Drake Griffith und Jayana.

„Oh-oh“, sagte Tessa. „Hört ihr das? Etwas Großes kommt auf uns zu.“

Sie zeigte hinter sich. Alle drehten sich um und sahen eine riesige Statue, die so hoch wie die Arena war. Sie war lebendig und stampfte auf sie zu!

EIN RIESIGES PROBLEM

„Das ist die Statue vom Stadteingang!“, rief Drake. „Aber sie ist riesig – und lebendig!“

„Die Magie aus dem Kampf hat dies bewirkt“, erklärte Griffith. „Jayana und ich müssen den Kampf beenden, bevor die Magie noch mehr Probleme verursacht. Drachenmeister, benutzt eure Drachen, um die Statue aufzuhalten! Und dann kommt schnell mit dem Kristall in die Arena!“

Griffith und Jayana rannten in die Arena.

Drake und Petra starrten zu dem Riesen auf, der auf sie zustampfte. Er trug ein Steinschwert und einen Schild. Der Boden grollte, während er ging, und die steinerne Straße zerbrach unter seinen riesigen, schweren Füßen.

Wie können wir ihn nur aufhalten?, überlegte Drake.

„Drake, hast du nicht gesagt, dass Wurm Steine zertrümmern kann, so wie Sono auch?“, fragte Tessa.

„Das stimmt!“, antwortete Drake. „Aber ich bin mir nicht sicher, ob seine geistigen Kräfte stark genug sind, um einen magischen Steinriesen zu brechen!“

Sein Drachenstein leuchtete.

Ich kann es versuchen, sagte Wurm.

„Vielleicht kann Sono ihre Kräfte mit Wurms Kräften bündeln“, schlug Tessa vor. „Zuerst müssen wir die Statue von den Stadtbewohnern weglocken, bevor wir sie angreifen.“

„Das können Zera und ich machen“, meldete sich Petra. Ihr Gesicht war blass, aber ihre Stimme klang mutig.

„Dann lasst uns diese Statue aufhalten“, rief Tessa.

Petra sprang auf Zeras Rücken. „Zera, flieg!“

Die Hydra schoss in die Luft. Sie flog hoch und noch höher, bis zum Gesicht des Riesen.

„Hier drüben, Riese!“, schrie Petra. „Ich wette, du kannst uns nicht fangen!“

Die Statue folgte Petra und Zera, wandte sich von der Stadt ab und stampfte auf die Felder zu. Drake und Tessa jagten mit ihren Drachen hinterher.

„Sobald wir die Felder erreichen, werde ich Wurm anweisen, anzugreifen!“, rief Drake.

„Und wenn er beginnt, wird Sono ihn unterstützen!", rief Tessa zurück.

Die Statue folgte Zera und Petra bis zu den Feldern.

Als sie dort ankamen, flog Zera um den Kopf des Riesen. Die Statue begann sich verwirrt im Kreis zu drehen.

Petra und Zera flogen davon. „Wurm, jetzt!“, schrie Drake.

Ein grünes Licht wanderte von Wurms Körper bis zum Ende seines Schwanzes. Es wurde immer heller und heller. Wurm schloss die Augen. Wurms grünes Licht schlängelte sich über die Beine der Statue und erzeugte Risse in dem Stein.

„Sono, zerbrich diesen Riesen in Stücke!“, rief Tessa.

Sonos Körper begann zu schimmern. Wellenförmige, rosa Linien strömten aus dem Körper des Klangdrachen und wickelten sich um den Riesen.

Die Statue begann zu zittern. Gesteinsbrocken brachen von ihr ab und fielen zu Boden.

Wurms grünes Licht schlängelte sich in Ranken bis zum Kopf der Statue. Sonos rosa Licht ließ die Statue immer stärker erzittern.

„Wir sollten uns besser zurückziehen!“, rief Tessa Drake zu.

Die Drachen stoppten ihren Angriff. Sono und Tessa rannten davon, Drake und Wurm eilten ihnen hinterher. Dann – *Bumm!*

Die Steinstatue explodierte zu Felsbrocken und Staub.

KAPITEL 12

IN DEN STURM

Als sich der Staub legte, rannte Drake zu seinen Freunden. Niemand war verletzt!

Petras Hände zitterten. „Das war beängstigend“, sagte sie.

„Du hast großartige Arbeit geleistet, indem du die Statue aus der Stadt gelockt hast“, lobte Tessa.

Drake sah zurück zur Arena. Die magische Wolke wirbelte immer noch funkelnd darüber und schoss Blitze.

„Griffith und Jayana brauchen uns“, rief er. „Lasst uns gehen!“

Sie rannten in die Arena. Griffith und Jayana befanden sich am Rand des Rings und schwebten in magischen Schutzblasen. Sie versuchten, mit den kämpfenden Zauberern zu sprechen.

Griffith schwebte zu den drei Drachenmeistern. „Marco und Felix hören uns nicht zu“, sagte er. „Und wir können unsere Magie nicht einsetzen, um sie zu bekämpfen, weil das nur die magische Wolke vergrößert. Ihr *müsst* den Kraftkristall benutzen.“

„Wie funktioniert er?“, fragte Drake.

Griffith zeigte zum Himmel. „Ihr müsst den Kristall nach dort oben bringen – unter die magische Wolke. Der Kristall wird die Magie absorbieren, sobald ihr nah genug dran seid. Achtet nur darauf, die Wolke nicht zu berühren. Ihr könntet als Ente enden, oder ...“

„Oder Schlimmeres“, beendete Drake.

Petra trat vor. „Zera kann zur Wolke hinauffliegen und ich werde sicherstellen, dass sie sie nicht berührt“, schlug sie vor. „Aber einer von euch muss den Kraftkristall hochhalten, um die magische Energie zu absorbieren.“

„Ich werde den Kristall halten“, erklärte Drake.

Tessa streckte ihnen den Kraftkristall entgegen. „Ihr beide schafft das!“

Drake nahm den Kristall von ihr. „Vielen Dank."

Er stieg hinter Petra auf Zera.

„Bist du bereit?", fragte er Petra.

„So bereit, wie nie zuvor", antwortete sie. „Zera, flieg!"

Zera flog über die sich duellierenden Zauberer hinweg. Das Zentrum der magischen Wolke wirbelte wie ein Tornado.

Zisch! Ein Blitz schoss aus der Wolke heraus, und Petra lenkte Zera schnell davon weg. Dann sauste der Drache zurück zu dem wirbelndem Zentrum der Wolke.

Drake hielt den Kraftkristall über seinen Kopf.

„Es passiert nichts!", schrie er. „Wir müssen näher ran!"

Petra nickte, und Zera flog schnell nach oben. Einer von Zeras Köpfen berührte beinahe die Wolke!

„Langsam, Zera!", rief Petra.

Über ihnen schlängelte sich ein dünner Strom der magischen Wolke auf den Kraftkristall zu. Er traf den Kristall, der sofort zu glühen begann. Die Wolke wirbelte schneller und schneller und verschwand im Kristall.

Drake spürte, wie der Kristall in seiner Hand pulsierte. Er nahm seine andere Hand mit dazu und hielt den Kristall ganz fest. Licht strahlte aus dem Kristall, als die Wolke kleiner wurde ... und kleiner ... und kleiner ...

Bis sie verschwand! Der Kristall fühlte sich kühl in Drakes Händen an.

„Die magische Wolke ist verschwunden!", jubelte Drake.

EINE GUTES TEAM

Petra lenkte Zera zurück auf den Boden der Arena. Griffith und Jayana schwebten immer noch in ihren Schutzblasen.

Bumm! Marco schoss einen roten Zauberstrahl auf Felix.

Der Zauberer wich ihm aus.

Die Körper der beiden Zauberer zischten vor magischer Energie.

„Wenn Felix und Marco nicht bald aufhören zu kämpfen, werden sie eine weitere magische Wolke erschaffen", stellte Drake fest.

„Sie müssen sich beruhigen", meinte Tessa.

Petra schaute Tessa an. „Tessa, Zeras Musik könnte helfen! Sono kann Geräusche lauter machen, oder? Kann sie auch kontrollieren, wohin sie gehen?"

„Ja", antwortete Tessa. „Ich glaube, ich weiß, was du tun willst. Lass es uns versuchen!"

Auf Petras Befehl begann Zera ein ruhiges und leises Lied zu singen, wie ein Schlaflied. Sono kontrollierte die Schallwellen des Liedes. Sie machte das Lied lauter und richtete die Schallwellen direkt auf die beiden Zauberer. Die Wellen erreichten die Zauberer.

Marco hob die Hände für einen weiteren Angriff, senkte sie aber langsam wieder. Seine Augen fielen zu. Felix sah Marcos Schwäche und stürmte vorwärts, aber dann blieb er stehen. Auch seine Augen fielen zu. Die beiden Zauberer schwankten hin und her. Dann sanken sie zu Boden und schliefen tief und fest.

Plopp! Plopp! Griffith und Jayana ließen die Schutzblasen platzen, die sie errichtet hatten. Sie landeten neben den schlafenden Zauberern.

Jayana zeigte auf Marco, und silbernes Licht strömte aus ihren Fingerspitzen. Es bildete eine Blase um Marco.

„Das wird ihn gefangen halten, bis ich ihn zurück nach Belerion gebracht habe“, erklärte Jayana. „Er wird im Schloss der Zauberer vor Gericht gestellt.“

„Was ist mit Felix?“, fragte Tessa. „Er *wollte* nicht gegen Marco kämpfen. Er hat es nur getan, um die Stadt zu schützen.“

„Er ist nicht in Schwierigkeiten“, versicherte Jayana ihr.

„Das ist gut“, antwortete Tessa.

„Wir müssen jetzt den Kraftkristall wieder sicher in den unzerbrechlichen Felsen zurückbringen“, erklärte Jayana. „Tessa, würde es dir etwas ausmachen, ihn zurück nach Belerion zu bringen?“

„Kein Problem“, erwiderte Tessa, und Drake reichte ihr den Kristall.

„Wir sehen uns dann im Schloss, wenn ihr hier fertig seid“, sagte Jayana. Sie schnippte mit den Fingern, und silberne Funken ergossen sich über sie und Marco. *Puff!* Sie verschwanden.

Plötzlich öffnete Felix die Augen. „Marco, du wirst niemals ...“ Er setzte sich auf. „Marco?“

„Er wurde gefangen genommen“, erklärte Griffith ihm. „Und sobald es dir wieder gut geht, mein Freund, werde ich mit Drake und Petra nach Bracken zurückkehren.“

Petra meldete sich zu Wort. „Eigentlich“, sagte sie, „würde ich gerne hier in Remus bleiben.“

KAPITEL 14

EINE NACHRICHT

Petra, warum willst du nicht mit nach Bracken zurückkehren?“, fragte Drake.

„Eines Tages werde ich das“, antwortete Petra. „Aber ich vermisse mein Zuhause, und Remus ist näher daran. Außerdem möchte ich herausfinden, was Zera und Sono tun können, wenn sie zusammenarbeiten.“

Die beiden Drachen lächelten sich an.

„Ich denke, das ist eine großartige Idee, Petra“, meinte Griffith.

Drake umarmte seine Freundin. „Ich werde dich vermissen! Das werden wir alle.“

Petra lächelte. „Ich werde euch auch vermissen“, antwortete sie.

Sie wandte sich an Griffith. „Du bist der beste Lehrer. Ich danke dir.“

„Felix ist auch ein guter Lehrer“, antwortete Griffith.

Felix lächelte. „Danke, Griffith“, sagte er. „Es wird mir eine Freude sein, eine zusätzliche Schülerin zu haben.“

„Petra und ich kommen zu dir, sobald wir diesen Kraftkristall zurück nach Belerion gebracht haben“, informierte Tessa ihren Zauberer. Sie wandte sich an Drake. „Ich bin froh, dass ihr vorhin auf mich und Sono geplumpst seid.“

„Ich auch", erwiderte Drake lächelnd.

„Okay", meinte Tessa. „Wir müssen los."

Petra runzelte die Stirn. „Ich habe immer noch ein wenig Angst, mit Sono zu transportieren", bemerkte sie. „Aber ich denke, ich bin bereit, es zu versuchen ..."

„Stell dich direkt neben uns und halte meine Hand", erklärte Tessa. „Wir sind blitzschnell da!"

Tessa, Petra und ihre Drachen wurden in einer schimmernden Welle nach Belerion transportiert.

Dann brachte Wurm Drake und Griffith schnell in den Trainingsraum von Burg Bracken. Rori, Bo und Ana eilten zu ihnen, um sie zu begrüßen, gefolgt von Eko.

„Ihr seid zurück! Aber wo sind Petra und Zera?“, fragte Rori.

„Petra wollte bleiben und von Tessa lernen“, erklärte Drake. „Sie ist eine wirklich außergewöhnliche Drachenmeisterin.“

„Was?“, rief Rori.

Ana runzelte die Stirn. „Ich werde sie vermissen.“

„Ich auch, aber ich bin froh, dass sie glücklich ist“, erklärte Bo.

„Ich kündige Mina aus den fernen Nordländern und ihren Drachen Frost an!“, ertönte die Stimme von Wache Simon durch den Trainingsraum.

Mina marschierte herein. Ihr Eisdrache, Frost, folgte ihr.

„Mina! Du bist zurück!“, rief Drake. „Bist du zu Besuch hier?“

„Ich habe eine Nachricht für Griffith von meiner Zauberin Hulda“, antwortete Mina. „Sie hat Astrid gefunden.“

„Oh, nein!“, entfuhr es Griffith.

Die Drachenmeister sahen ihn an. „Wer ist Astrid?“, fragte Drake.

„Sie ist Huldas Schwester, und sie ist die gefährlichste Zauberin, die ich kenne“, antwortete er. „Noch gefährlicher als Maldred!“

TRACEY WEST hat Dutzende Bücher für Kinder geschrieben. Sie hat noch nie einen echten Drachen getroffen, aber schon einige Zauberer, und sie waren alle sehr nett.

Tracey ist die Stiefmutter von drei erwachsenen Kindern. Sie teilt sich ihr Zuhause mit ihrem Ehemann, einer Katze, zwei Hunden und einer Schar Hühner. Sie leben in den nebligen Bergen des Staates New York, wo man sich leicht Drachen vorstellen kann, die sich frei in den grünen Hügeln bewegen.

MATT LOVERIDGE liebt es, Kinderbücher zu illustrieren. Wenn er nicht malt oder zeichnet, wandert und radelt er gerne und trinkt Milch direkt aus der Packung. Er lebt mit seiner Frau und seinen Kindern und ihrem schwarzen Hund namens Blue in den Bergen von Utah.

DRACHENMEISTER

DER RUF DES KLANGDRACHEN

Fragen und Aufgaben

Warum kämpfen zwei mächtige Zauberer namens Marco und Felix gegeneinander? Lies dazu Seite 19 erneut.

Tessa kann nicht sehen. Sie nutzt ihre anderen vier Sinne – Hören, Riechen, Schmecken und Fühlen –, um sich in der Welt fortzubewegen. Überlege einmal, wie du deine Sinne für deine eigene Sicherheit einsetzt. Als Beispiel: Du könntest ein lautes Geräusch hören und dich von diesem entfernen. Wie helfen dir dabei deine Sinne?

Als Drake durch das Schloss der Zauberer geht, erinnert ihn das an die Burg von Bracken. Wie ähneln sich die beiden Schlösser? Worin unterscheiden sie sich?

Tessa hofft, eines Tages eine Drachenmagierin zu werden. Was bedeutet es, ein Drachenmagier oder eine Drachenmagierin zu sein? Lies die Seiten 3 – 4 erneut. Welche Kräfte hätte Tessa, wenn sie eine Drachenmagierin würde?

Petra beschließt, mit Tessa in Remus zu bleiben. Was könnte passieren, wenn ihre Drachen ihre Kräfte bündeln? Zeichne ein Bild, das zeigt, wie Zera und Sono ihre Kräfte vereinen.